O bom é BRINCAR de viver

KARINA PICON
Ilustração Rafael Sanches

Você sabe o que é criatividade?

Criatividade é uma capacidade humana de grande valor universal. É tudo aquilo que criamos, que inventamos nos diversos campos da vida, sejam eles artísticos, científicos, esportivos ou culinários.

A temporada de férias começava e o grande desafio era aproveitar ao máximo esses dias livres que o descanso escolar promovia. A ideia era se divertir o dia todo e ainda poder ficar acordado até tarde da noite curtindo os eletrônicos e toda a adrenalina que o mundo virtual pudesse proporcionar, sem a correria de afazeres que o calendário escolar exigia. Esse era o plano ideal de férias.

Porém, naquele ano, a coordenação da escola apresentou um projeto inovador: promoveria uma excursão com os alunos para um destino-surpresa. Seria uma viagem para um hotel-fazenda bem charmoso, um pouco distante, porém o cenário compensaria a demora na viagem. O hotel ficava em meio às montanhas, com trilhas que levavam a refrescantes cachoeiras, promovendo o contato direto com a natureza, onde juntos os alunos poderiam desfrutar dias de descanso e diversão. Além disso, o sedentarismo deles, associado aos *fast foods* e ao mundo virtual, promovia um aumento significativo da obesidade nas crianças; assim, aulas de gastronomia seriam oferecidas para que a relação dos alunos com a comida ganhasse uma versão mais saudável, e também atividades recreativas, que favoreceriam atividades físicas, promovendo melhor qualidade de vida.

O que os alunos não sabiam era que não teriam acesso à internet durante a viagem. O hotel, por estar em um local geograficamente privilegiado em meio às montanhas, entre árvores nativas e plantações de eucaliptos — usados na produção de lenha para o amplo fogão caipira do hotel —, impossibilitava o acesso ao sinal da internet. E, o que a princípio seria algo terrível, no final da viagem se tornaria uma experiência única e fantástica.

Assim que chegaram ao hotel, após o reconhecimento dos quartos e das acomodações, os alunos desceram ao saguão, onde uma equipe de monitores previamente treinados aguardava os hóspedes recém-chegados.

Acreditando que compartilhar vivências é sempre muito enriquecedor, os monitores ali estavam preparados com ideias simples e criativas, para que as crianças saíssem do comodismo, do sedentarismo, facilitando, por meio da integração, a recriação e a invenção de outras tantas maneiras divertidas de descobrir as maravilhas que o mundo real nos oferece.

Frederico era um garoto tímido, não gostava nem sabia direito como interagir com os amigos. Para ele, era mais fácil o mundo dos jogos virtuais, onde incorporava um personagem e ali dava vazão às suas emoções. Às vezes, era o "mocinho" da história, mas na maior parte do tempo era o vilão, aquele que agredia e xingava, uma vez que no jogo era permitido realizar tudo aquilo que tinha vontade de fazer na vida real quando se sentia excluído pelos amigos, impossibilitado de interagir com eles. No fundo, queria se aproximar das pessoas, fazer novas amizades; tinha vontade de ser convidado para ir à casa dos amigos, mas não tinha a menor ideia de como fazer isso acontecer, então mergulhava cada vez mais no mundo virtual, criando um verdadeiro abismo entre ele e os amigos.

O que ele não sabia é que essa viagem mudaria totalmente sua forma de ver os amigos, e a convivência entre eles traria descobertas jamais imagináveis.

Guilherme era o oposto de Frederico; falante e comunicativo, dava-se bem com todos, ajudava quem podia e era avesso a jogos virtuais. Tinha uma personalidade mais individualista, mas, ainda assim, vivia dividindo o lanche com os colegas durante o intervalo da escola.

As crianças chegaram com fome e, sem que percebessem, os monitores e a nutricionista do hotel começaram seu trabalho: lançaram um desafio para que preparassem a própria refeição. Uma reação de indagação e espanto pairou no ar: como assim, preparar a própria refeição?

A intenção dos monitores era mostrar às crianças como podia ser divertido trabalhar em equipe, conscientizando-as sobre a importância de uma alimentação saudável e despertando o prazer de saborear uma receita preparada por elas com o tempero do amor e da alegria. Dessa maneira, o envolvimento seria facilitado por uma atmosfera de descoberta e experimentação.

Convidar os alunos para preparar a própria refeição era uma das estratégias utilizadas para que aprendessem a escolher melhor os alimentos e ser mais saudáveis, dizia a nutricionista.

Quando perguntaram ao grupo se alguém sabia cozinhar, Guilherme foi o único que timidamente ergueu a mão, para surpresa de Frederico, que pensou: "Ele sabe cozinhar, como assim? Como será que aprendeu?" Um misto de inveja, admiração e curiosidade surgiu dentro dele.

Após erguer a mão, deu um passo à frente e não pensou duas vezes: começou a falar em voz alta os ingredientes que iam no melhor bolo de cenoura que havia no mundo. Era uma das receitas de sua avó que mais adorava fazer e saborear. Como se fosse em um jogo de videogame, em que você dá o comando e as coisas acontecem, o grupo foi pegando os ingredientes que já estavam na bancada da cozinha e separando nas vasilhas as quantidades determinadas por ele. A sensação de ser ouvido e a interação com os amigos foram sensacionais, e então Guilherme tomou coragem para caprichar ainda mais na tarefa que tinha iniciado, enquanto Frederico assistia a tudo paralisado e de queixo caído.

Com a supervisão dos monitores e tendo Guilherme no comando, as crianças vivenciaram uma experiência divertida, desafiadora e prazerosa; sem que percebessem, aprenderam a experimentar novos sabores. Colocaram a mão na massa literalmente, e os sentidos foram estimulados: sentiram a textura da massa, amassaram, misturaram e ficaram muito mais empolgadas para provar novos alimentos e cultivar um paladar mais diversificado, já que a cada dia da viagem uma nova receita seria desenvolvida pelo grupo.

Precisaram exercitar também a paciência, pois, tirando o tempo de preparo, o bolo levava 30 minutos para assar e mais 30 minutos para esfriar. Essa capacidade é pouco desenvolvida pela geração tecnológica.

Frederico, que observava com atenção os segredos da culinária, ao experimentar o bolo, comentou com Maju:

— Nunca imaginei que Guilherme fosse capaz de fazer um bolo tão bonito e gostoso. Eu, que não comia cenoura, vou até repetir mais uma fatia. Como ele pôde esconder essa habilidade de nós por tanto tempo?

Maju olhou bem nos olhos de Frederico e disse:
— Ele escondeu de nós essa habilidade, ou foi você quem se afastou de nós, fechando-se em seu mundinho virtual? Eu mesma já havia comido várias vezes esse bolo; ele sempre leva na escola e divide com os amigos.

Nesse momento, Frederico levou um baque. Tentou fazer uma retrospectiva de como era sua relação com os amigos da escola e, por mais que se esforçasse, não conseguia se lembrar de nada. Tentou fazer o mesmo em relação aos amigos das outras classes, mas não lhe ocorria nenhuma lembrança de interação com eles. Foi assim que reconheceu que havia se isolado, afastando-se dos demais. Passava o intervalo das aulas assistindo a vídeos ou jogando sozinho no celular, enquanto os amigos partilhavam lanches, trocavam ideias, praticavam esporte, corriam e se divertiam nas quadras do colégio. Pelo simples motivo de não estar presente, interagindo e se divertindo com os amigos, passou a julgá-los, acreditando que fossem chatos e não gostassem dele. A adrenalina do mundo virtual e a falsa sensação de poder que os jogos proporcionavam fizeram-no se afastar dos prazeres que só a convivência e o contato com as pessoas são capazes de promover.

Que triste descoberta havia feito.

Depois de se esbaldarem com o delicioso e nutritivo bolo de cenoura, começaram a etapa da limpeza e organização da cozinha. Os monitores, facilitadores natos, promoveram um trabalho de equipe no qual um ajudou o outro, agilizando e facilitando a tarefa proposta.

O período da tarde e da noite foram preenchidos com atividades lúdicas: gincanas com corridas, danças, arremessos e jogos com bolas, em que as crianças também puderam desenvolver o autocontrole, a autoconfiança e a autoestima, aprendendo a respeitar regras e trabalhar em equipe, descobrindo assim seus limites e possibilidades, além de aprender a lidar com situações de ganho e perda, entre outros aprendizados.

Nos jogos, Frederico tinha um perfil mais competitivo. Talvez por isso se identificasse tanto com os jogos eletrônicos, o que facilitou à sua equipe ganhar várias medalhas durante a gincana.

Pelas experiências ao longo da viagem, Frederico reconheceu que o que se passava em seu pensamento era bem diferente do que agora sentia no coração: seus amigos eram divertidos, prestativos, cada qual com sua particularidade, e não chatos e distantes como pensava. Descobriu ainda que, mudando um pensamento e se abrindo para novas atitudes, podemos mudar nossa vida, pois compreendemos mais e julgamos menos. Já Guilherme passou a enxergar os jogos de outra forma: percebeu que, quando estamos em equipe, ouvimos pontos de vista diferentes, apresentamos os nossos, e um modo de pensar mais rico e independente pode surgir.

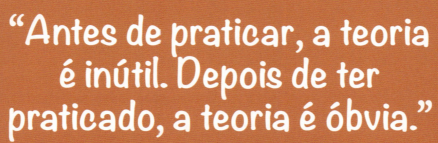

"Antes de praticar, a teoria é inútil. Depois de ter praticado, a teoria é óbvia."
(David Williams)

Tanto a culinária como as atividades físicas são exemplos de maneiras que temos ao nosso dispor para preencher o tempo, sair do tédio, divertir-nos e desenvolver habilidades fundamentais em nossa formação social e emocional.

Mais de 200 ideias para se divertir sem os eletrônicos

A seguir vou compartilhar outras ideias e brincadeiras simples e criativas, algumas das quais passadas de geração a geração (pergunte a um adulto, caso tenha dúvida), para você se inspirar, recriar e inventar outras tantas maneiras de descobrir as maravilhas que o mundo real nos oferece como diversão.

1) Mexer na terra.
2) Caminhar no parque.
3) Jogar milho para os pombos.
4) Atirar uma moeda em uma fonte e fazer um pedido.
5) Olhar os passarinhos se divertindo em uma fonte.
6) Aprender a tocar um instrumento musical.
7) Aprender a fazer e a soltar pipa em um dia em que há vento.
8) Aprender a andar de bicicleta sem rodinhas.
9) Aprender a pescar.
10) Procurar um trevo-de-quatro-folhas.
11) Tomar um banho de mangueira de jardim em um dia quente.
12) Construir uma casa em uma árvore.
13) Aprender a assoviar uma canção.
14) Pular em uma cama elástica.
15) Construir um carrinho de rolimã e depois aprender a andar com ele.
16) Passear em uma praça e identificar as diferentes plantas e flores que existem nela.
17) Fazer bolhas de sabão.
18) Ir ao circo.
19) Visitar um museu.
20) Fazer um livro: escrever uma história em folhas de sulfite, desenhar a capa em um papelão e depois grampear tudo junto.
21) Escrever o livro da sua vida.
22) Escolher uma letra do alfabeto e falar nomes, CEP, animais, objetos e comidas com ela.
23) Fazer palavras cruzadas.
24) Iniciar frases e pedir a alguém que as complete com palavras engraçadas.
25) Escrever um poema.
26) Fazer recorte e colagem com revistas e jornais.
27) Escrever um jornal com as notícias da sua cidade.
28) Descobrir palavras com sentido duplo.
29) Aprender novas palavras, consultando em um dicionário o significado delas.
30) Fazer uma lista com as 10 coisas que você mais gosta de fazer, pedir a alguém que faça o mesmo e depois comparar as duas listas.
31) Aprender a cantar o Hino Nacional e arrasar em um evento esportivo.
32) Aprender o nome dos estados brasileiros com as respectivas capitais.
33) Aprender o nome das capitais de diversos países.
34) Aprender a fazer mágicas.
35) Aprender a tocar "Bife" no piano.
36) Contar as moedas do cofrinho.
37) Fazer uma lista de desejos para comprar com o dinheiro do cofrinho.
38) Fazer o desenho da família, sem colocar o nome das pessoas, e escrever as principais características emocionais de cada um, pedindo depois a alguém que adivinhe quem é quem.
39) Fazer um desenho livre e depois criar uma historia sobre esse desenho.
40) Fazer parte de um desenho e pedir a outra pessoa que adivinhe do que se trata.
41) Fazer parte de um desenho e pedir a outra pessoa que o finalize.
42) Desenhar o dia mais feliz da sua vida.
43) Desenhar seu dia perfeito.
44) Desenhar o que é mais gostoso fazer nas férias.
45) Desenhar e pintar com giz de cera o mundo que você quer no futuro.
46) Escrever um diário.

47) Escrever um cartão de amor para quem você ama.

48) Escrever um cartão de agradecimento para alguém que o ajudou e nem imagina quanto. Depois, entregá-lo para essa pessoa.

49) Escrever na lousa com giz e brincar de escolinha.

50) Montar um quebra-cabeça em cima de um tabuleiro de madeira e depois enquadrá-lo.

51) Aprender a bordar ponto-cruz.

52) Criar um show de talentos em que cada um apresenta algo que sabe e gosta de fazer.

53) Jogar boliche com garrafa pet e bola de meia.

54) Aprender a fazer cata-vento com papelão e alfinete.

55) Aprender a fazer massinha de modelagem (com farinha, água e corante) e brincar com ela.

56) Preparar um lanche bem gostoso com a participação dos amigos.

57) Criar uma competição de corrida com carrinhos de brinquedo

58) Ler um livro novo.

59) Reler seu livro preferido.

60) Ler poesias à sombra de uma árvore bem grande.

61) Ler o livro antes de assistir ao filme.

62) Criar personagens e inventar uma história em quadrinhos.

63) Ver fotos antigas.

64) Organizar o álbum de fotos.

65) Jogar um jogo de tabuleiro.

66) Andar descalço em diferentes texturas (piso, grama, pedra) e, de olhos fechados, dizer qual é.

67) Andar na chuva e tentar pegar com a boca alguns pingos.

68) Pintar o boxe do banheiro com tinta guaxe e depois limpar com água.

69) Andar a cavalo.

70) Andar de skate.

71) Andar de velotrol.

72) Andar de patins.

73) No calor, ir para uma piscina ou praia.

74) Plantar uma semente no algodão, regar todos os dias e acompanhar seu desenvolvimento.

75) Ir ao bosque ou zoológico e imitar o som dos animais.

76) Tentar falar algo com os olhos.

77) Fazer um amuleto da sorte.

78) Criar e escrever frases de encorajamento para ler quando tiver maus pensamentos ou medo.

79) Estourar plástico-bolha.

80) Brincar de encontrar as cores que o outro falar.

81) Contar de trás para frente sem errar de 100 a 0 e, se errar, começar tudo de novo.

82) Encher bexigas com ar ou água e depois brincar com elas.

83) Utilizar os reciclados de casa para construir um brinquedo.

84) Usar caixas de sapato para construir uma maquete.

85) Usar uma caixa de sapato para construir uma TV.

86) Fazer a caixinha da gratidão e, no final de cada dia, escrever algo de bom que aconteceu e colocar dentro.

87) Sentar em frente de casa e tentar adivinhar a cor do primeiro carro que passar.

88) Ouvir histórias dos seus pais de quando eles eram jovens.

89) Conhecer as músicas que seus pais ouviam.

90) Jogar bola.

91) Contar piadas.

92) Brincar de jogo da memória.

93) Brincar com argila.

94) Brincar com bolinha de gude.

95) Brincar de bingo.

96) Brincar ou passear com seu bichinho de estimação.

97) Brincar de cabana no meio da sala.

98) Brincar com fantoches.

99) Brincar de teatro.

100) Brincar de lego.

101) Brincar de bambolê.

102) Brincar de "o que é, o que é?".

103) Brincar de faz de conta.

104) Brincar de super-heróis.

105) Brincar de ser uma fada e depois uma bruxa.

106) Brincar de esconde-esconde.

107) Brincar de pega-pega.

108) Brincar de dança das cadeiras.

109) Brincar de estátua.

110) Brincar de forca.

111) Brincar de jogo da velha.

112) Brincar de ioiô.

113) Brincar de cara ou coroa.

114) Brincar de passa-anel

115) Brincar de amarelinha.

116) Brincar de telefone de lata.

117) Brincar de telefone sem fio.

118) Brincar de guerra de travesseiros.

119) Brincar com estilingue.

120) Brincar com bolinhas de gude.

121) Brincar com jogo de varetas.

122) Corrida do saco.

123) Corrida da colher na boca com ovo cozido.
124) Jogar dardos até acertar o alvo.
125) Brincar no balanço de um parque.
126) Balançar em uma rede.
127) Apagar as luzes e brincar com lanternas.
128) Fazer sombras com as mãos e tentar adivinhar o que é.
129) Olhar as estrelas e tentar encontrar as Três Marias e o Cruzeiro do Sul.
130) Observar as nuvens e os desenhos que se formam.
131) Observar os peixinhos no aquário.
132) Descobrir nome de filmes através de mímicas.
133) Campeonato de qual avião feito de papel voa mais longe.
134) Aprender palavras de outros idiomas.
135) Fazer uma cápsula do tempo e guardar no maleiro.
136) Criar uma horta.
137) Plantar uma árvore.
138) Sessão de massagem no corpo.
139) Sessão de massagem nos pés.
140) Aprender uma técnica de relaxamento.
141) Aprender a meditar.
142) Jogar dominó.
143) Jogar cartas.
144) Construir um castelo de cartas.
145) Escrever histórias em conjunto.
146) Pintura com os dedos.
147) Pintura com os pés.
148) Pintura facial.
149) Pintar peças de cerâmica.
150) Pintar um quadro em tela.
151) Pintar palavras em madeira e depois encontrar um local bem bacana em casa para colocá-la.
152) Pintar livros gigantes de colorir.
153) Fazer papel machê (mistura de jornal, cola e água) e criar esculturas.
154) Caça ao tesouro com pistas.
155) Pular corda.
156) Jogar futebol.
157) Jogar bola queimada.
158) Jogar basquete.
159) Jogar vôlei.
160) Jogar pingue-pongue
161) Brincar de travar a língua com trava-línguas.
162) Aprender a fazer algum esporte olímpico.
163) Com uma venda nos olhos, adivinhar o objeto que está em suas mãos.
164) Separar brinquedos para doação.
165) Ir a bairros da periferia e distribuir brinquedos com os quais você não brinca mais para as crianças que brincam na rua.
166) Fazer saquinhos com doces e distribuir para as crianças carentes.
167) Andar de ônibus na cidade conhecendo outros bairros.
168) Organizar os armários.
169) Organizar as gavetas.
170) Usando o que você já tem, personalizar a decoração do seu quarto.
171) Brincar de supermercado com os itens da despensa de casa.
172) Fazer caras e bocas para alguém adivinhar qual sentimento está representando.
173) Inventar novos penteados.
174) Fazer colares e pulseiras com fio de náilon e miçangas
175) Escrever palavras de encorajamento e colocar dentro de caixinhas de fósforo etiquetadas com os dias do mês para ler durante todo o ano.
176) Participar do grupo de escoteiros da sua cidade e se engajar em projetos sociais.
177) Fazer origamis.
178) Colocar uma música e adivinhar o nome dela e do cantor.
179) Aprender a dançar vários ritmos de dança.
180) Aprender a dançar o ritmo da moda.
181) Escrever a letra da sua música predileta e depois cantar.
182) Traduzir a letra de sua música internacional predileta.
183) Tentar escrever uma música.

184) Contar os sonhos e pesadelos mais marcantes.
185) Fazer piquenique no quintal ou na praça.
186) Acampar no quintal de casa.
187) Colher frutas no pé e comê-las fresquinhas.
188) Criar um caderno de receitas com seus pratos prediletos.
189) Aprender a fazer um prato tradicional de família.
190) Preparar a mesa para a próxima refeição com muito capricho.
191) Aprender a fazer sucos naturais.
192) Aprender a fazer sua comida favorita.
193) Aprender a fazer algum prato saudável.
194) Fazer picolés de frutas ou juju (sorvete no saquinho de plástico).
195) Adivinhar, de olhos vendados, o alimento por meio da textura, temperatura e do sabor.
196) Adivinhar, de olhos vendados, diferentes aromas (de flores, perfumes, frutas, temperos).
197) Criar fantasias com roupas e acessórios que já tiver em casa.
198) Conversar sobre como fazer novos amigos.
199) Conversar sobre como manter amizades.
200) Ouvir passagens de quando era bebê.
201) Fazer cócegas em outra pessoa.
202) Descobrir quais eram as histórias que você mais gostava de ouvir quando era menor.
203) Fazer sua árvore genealógica.
204) Descobrir com que idade você engatinhou, falou e andou.
205) Descobrir quais foram suas artes inesquecíveis.
206) Regar as plantas do jardim.
207) Praticar malabarismo.
208) Colecionar e trocar papéis de carta ou selos.

E você? Como tem usado seu tempo livre: sendo criativo e desenvolvendo novas habilidades, ou apenas vendo a vida passar em uma tela?
Aproveite este espaço e invente você também novas formas de se divertir e se relacionar no mundo real, e de viver a vida como ela deve ser vivida: com alegria e entusiasmo!